EPITRE
DE
L'AMANT
DE MADEMOISELLE
WARIMONT,

Ecrite des Enfers à Elle-même, au sujet de l'Epitre adressée à ses Manes.

PRÉCÉDÉE DE CETTE ÉPITRE ET DE SA REPONSE.

Non je n'étois pas né pour être un Assassin.
Adelaïde du Guesclin, Tragédie de Voltaire.

BRUXELLES.

1779

AVIS

DE LEDITEUR,

D'APRÈS [illegible]ès de l'Épitre aux Mânes de Mademoiselle W. [illegible]IMONT, lequel a donné l'idée d'une reponse de cette Demoiselle, il vient de me tomber entre les mains une troisieme épitre adressée des Enfers a elle même par son Amant; il ne m'apartient point de décider du mérite de ces trois ouvrages; le Public en jugera; il me sufit d'être certain qu'il y retrouvera toujours la même honêteté.

ÉPITRE

DE L'AMANT

de Mademoiselle WARINONT, écrite des Enfers à elle-même, au sujet de l'Epitre adressée a ses Mânes.

JAI vû dans les enfers, sous leurs dômes brulans,
L'épitre douloureuse à tes mânes sanglans;
Pour mieux en recueillir les touchantes peintures
Le tartare, un moment, suspendit ses tortures
Au recit de tes maux, tout l'Erèbe éffrayé
Ne retentissait plus que de cris de pitié
Et des rives du Stix, l'Écho sombre & farouche
Articulait ton nom volant de bouche en bouche:
O! combien j'ai fremi ... si je fûs criminel,
Hélas! si tu tombas sous le couteau mortel,
Et si tu soupsçonas que ma main sanguinaire,
Déchirant tous les nœuds, & d'amant & de pere,

Avec tranquillité t'ait pû ravir le jour,
Vas tu ne connais pas les fureurs de l'amour,
Mon cœur avec délire en ressentit la flame ;
Goute a goute un poison distilé dans mon ame
Sourdement nourissait le germe détesté
Des transports dont l'excès n'a que trop éclaté :
Avec tous ses serpens, l'affreuse jalousie,
Dans les bras de l'amour, vint corrompre ma vie.
Quoi ? tu m'as crû tranquille ! ... avec un air serein
Je déguisais le fiel qui devorait mon sein ;
Tes baisers les plus doux alimentaient ma rage ;
A mes yeux ta beauté n'était plus qu'un outrage,
Et ce fruit malheureux à peine encor formé,
Gage de ton amour, dans tes flancs renfermé,
Lui, qu'avant sa naissance, immola ma colere,
Pour qui tu réclamais les entrailles d'un pere,
Tes Prières, tes cris, tes pleurs, son innocence,
N'allumaient dans mon cœur qu'une soif de vengeance
Et n'offraient plus alors à mes yeux aveuglés,
Qu'un gage de tes vœux lâchement violés,
Qu'un ôtage abhorré, dont la fatale vie
Fut le prix de ma honte & de ta perfidie :

Ah ! si je pûs, blessant la nature & l'amour,
Par le plus noir forfait faire palir le jour ;
Si je pûs, entraîné par des conseils perfides,
Te livrer sans défense à des bras homicides

Que trop tard, plein d'effroi, je voulus détourner
Mon crime le plus grand fût de te soupçonner;
Par quel supplice affreux ici mon cœur l'expie!
Oui, c'est peu des tourmens où j'ai laissé la vie;
Le Ciel punit le crime au-delà du trépas;
Les vautours du remord acharnés sur mes pas,
De mon cœur dévoré sous leurs serres tranchantes
Irritent à loisir les douleurs renaissantes;
Les Larves & l'essaim des spectres infernaux
Me brûlent lentement au feu de leurs flambeaux,
Mon corps tourne agité sous le fouet des furies,
Et pour combler mes maux, leurs mains de sang rougies
Présentent à mes yeux, parmi d'horribles cris,
Quels objets!... c'est ta tête & celle de mon fils!...
Arrêtés!... éloignés cette exécrable image,
Cruelles! ou plutôt redoublez votre rage,
Exposez-moi par-tout ce spectacle d'horreur,
Et bien mieux que vos coups, il punira mon cœur.

QUE dis-je? objet fatal qui me poursuis sans cesse,
Triste amante! fais grace au remord qui me presse
Fais grace aux pleurs amers dont j'innonde mon sein,
Non, je n'étois pas né pour être un assassin;
Dans le délire [illegible] rage enflammée,
J'ai voulu [illegible] trop aimée,

Mon amour fit mon crime & c'eſt mon chatiment :
Je brûle avec fureur en ce fatal moment ;
Quand un plus doux ſpectacle a mes yeux ſe préſente,
C'eſt ton ombre plaintive a mes côtés errante,
Ta triſteſſe & tes pleurs augmentent tes apas,
Devoré de mes feux, je vole dans tes bras
Et ton ombre échapant dans la nuit infernale
Rend mon ſort plus affreux que celui de Tentale.

Des filles de l'enfer, ah ! ni les foüets vengeurs,
Ni leurs flambeaux ardents, ni les vautours rongeurs,
Ni ta tête meurtrie a mes yeux préſentée,
De mon fils égorgé ni l'ombre enſanglantée,
Ni mes larmes de ſang, ni les ombres, ni toi
A mon fatal aſpect reculant pleins d'éffroi,
N'egalent point encor, l'effroyable ſouffrance
De nourrir dans mon ſein un feu ſans eſperance,
D'adorer pour jamais celle de qui les yeux
Ne verront plus en moi qu'un objet odieux,
Et de ſentir enfin pour éternel partage
Tous mes vœux ſe changer en impuiſſante rage.

O vous du ſombre Erèbe inpitoyables Dieux !
Raſſemblez vos tourmens, épuiſés tous vos feux ;
Mais ſi mon remord peut calmer votre juſtice
Arrachés moi mon cœur, il fait tout mon ſuplice :
Hélas mon cœur me reſte, il renait pour ſouffrir,

Et mille fois le jour j'expire ſans mourir ;
Mes cris frapent envain les voutes du Ténare,
La pitié n'entre point dans ce ſejour barbare :
Et toi ! cruelle & toi qui fais mes plus grands maux,
Viens ; viens, pour m'accabler, te joindre a mes boureaux
Augmente, s'il ſe peut, mon deſeſpoir horrible ;
A force de ſouffrir puiſſaije être inſenſible.
Ciel ! . . eh quoi ? . . . je te vois & palir & trembler,
De tes yeux attendris je vois des pleurs couler . . .
Par pitié cache moi ces larmes déſolantes
Qui rouvrent encor plus mes bleſſures ſanglantes,
Qui rendent mes remords mille fois plus affreux
Et ſont le dernier coup que me gardaient les Dieux.

FIN.

ERRATA

de l'Epître de l'Amant de Mlle. WARIMONT.

Page 4, après le Vers 16, (lisez)

Lui que tu crûs envain le garant de ma foi

Et le sceau des sermens qui m'enchainaient a toi

Page 5, Vers 1, détourner (mettés) un Point & virgule.

même Page, Vers 7, *dévoré* (lisez) *déchiré*

Page 6, Vers 14, *fatale* (lisez) *funeste*

ÉPITRE
AUX MÂNES
DE MADEMOISELLE
WARIMONT.

BRUXELLES.

1779.

CETTE Piece n'avait point été faite pour être rendue publique ; & on avait de bonnes raisons de croire qu'elle ne le serait jamais : mais comme il s'en est répandu, on ne sait comment, plusieurs Copies manuscrites, où le texte original est défiguré, on a cru devoir en donner une édition exacte, tant pour satisfaire à l'empressement du Public, que pour prévenir tous les inconvéniens d'une édition furtive, dans laquelle il y avait lieu de craindre qu'on n'ajoutât à l'altération du texte, des notes & de prétendues explications tout-à-fait contraires aux intentions de l'Auteur. Ce motif seul a fait livrer à l'impression une Piece qui était destinée à ne point voir le jour, & on s'est déterminé à la publier par les mêmes raisons qui avaient engagé jusqu'à présent à la tenir secrete.

ÉPITRE
À
AUX MÂNES
DE MADEMOISELLE
WARIMONT.

O Toi! qui de l'amour jeune & triſte victime;
Payas cher ſes faveurs & mourus par un crime;
La tombe a pour toujours dévoré tes attraits;
Huit ans n'ont point encor ſuſpendu nos regrets,
Quand ſur la terre, hélas! tout s'efface & tout change:
Si l'amour t'égara, la Juſtice te venge.
Pour une ame ſenſible aimer eſt un beſoin;
Eh! quel cœur en amour, n'alla jamais trop loin?
Que puiſſe ton exemple, horriblement utile,
Arrêter vers l'abîme un ſexe trop fragile!
Et puiſſe le récit de tes longues douleurs
A nos derniers neveux faire verſer des pleurs.

Mais quoi, pour les tracer ma plume m'abandonne!
Mes yeux ſont obſcurcis, & d'horreur je friſſonne!
Faut-il que la nature abuſée en ſes vœux
Enfante malgré ſoi des monſtres odieux!

Eh! plût au Ciel vengeur qu'au ſein qui les renferme
Il en fît avorter le déteſtable germe.

O BELLE WARIMONT, tes charmes ni tes pleurs
Ne purent attendrir ces inflexibles cœurs.
Rugiſſant dans les bois, le lion plein de rage
Dans ſa femelle au moins reſpecte ſon image.
Dans les airs élancé le vorace vautour
Dépouille ſa furie aux accens de l'amour;
Leurs féroces ardeurs, jamais enſanglantées,
N'ont point renouvellé les fureurs des panthées;
L'homme ſeul des forfaits étalant l'appareil,
Effraya la nature & chaſſa le ſoleil.
Ce fruit infortuné que de baiſers couverte
Tu reçus dans ton ſein, eſt l'arrêt de ta perte;
L'amant qui t'enflamma ſur la foi des ſermens,
A qui tu conſacrais tes crédules momens,
Le cruel ſait encor déguiſer ſa furie;
Le perfide t'embraſſe en proſcrivant ta vie,
Et le front toujours calme en ſes tranſports fougueux,
Te plonge dans les flots ſans détourner les yeux.
L'eau vers ton meurtrier te ramene à la nage,
Hélas, l'amour en vain te prête ſon courage!
Ton tyran ſecondé par d'homicides bras
Dans le fond de ſon cœur a juré ton trépas:
Tu preſſes de tes mains la rive lamentable,
Tes pieds avec effort s'attachent ſur le ſable,
Infortunée, hélas! tous tes efforts ſont vains;
Tu chanceles, pâlis, ſous leurs coups inhumains!

Le voile du trépas se répand sur ta vue ;
Mais ranimant encor ta constance abattue
Un cri s'échape enfin de ton cœur expirant :
» Respecte au moins le fruit renfermé dans mon flanc,
» Qu'il ne partage point le malheur de sa mere !
» Ta fureur à ce prix peut encor m'être chere,
» Barbare ! je pardonne à l'auteur de ma mort.
Ces monstres à ces mots feignent un vain remord ;
Ils t'arrachent de l'onde, & leur sombre artifice
Aux échos indiscrets dérobant ton supplice,
Par un fatal tissu de leurs mains apprêté
Pensent de leurs forfaits trouver l'impunité
Déja ces forcenés ont saisi leur victime,
Mais ta vigueur encor triomphe de leur crime;
Le nœud funeste échape & trompe leur dessein ;
Leur atroce fureur alors n'a plus de frein,
Ton exécrable amant, au comble du délire,
Tire un glaive, te frappe, & la victime expire,
Elle expire, du monstre en implorant l'appui,
Et son dernier soupir est encore pour lui.

Ciel ! cache ta lumiere, ô crime ! ô barbarie !
Ce corps jadis si beau, sans couleur & sans vie,
Quand l'utile scapel pénétrant pas à pas
Recherchait des clartés dans l'ombre du trépas,
Ce sang qui ruisselait & ces levres éteintes
Qui paraissaient encor proférer quelques plaintes,
Ces muets spectateurs eux-mêmes attendris,
Dans l'ame du barbare ils excitaient des ris.

Ah cruels ! pensiez-vous que les flots de la Meuse
Qui servirent de tombe à cette malheureuse,
N'ouvriraient pas leur sein bouillonnant de courroux,
Pour oser quelque jour déposer contre vous,
Et vomir pleins d'effroi, sur leurs rives sanglantes,
D'un corps inanimé les dépouilles parlantes ;
Que ces frêles roseaux où s'attachaient ses mains,
D'où l'osaient arracher ses lâches assassins,
Ne feraient pas entendre, au nom de l'innocence,
Leurs murmures plaintifs pour demander vengeance ?

Le crime pense en vain se dérober au tems ;
La justice du Ciel le poursuit à pas lents,
L'auguste vérité qu'un jour tardif éclaire
A ses yeux effrayés vient porter la lumiere :
Huit ans sont écoulés depuis ce crime affreux,
Depuis qu'avec sagesse un Sénat vertueux
Sondant cet attentat dans un profond silence,
De Thémis en ses mains suspendait la balance ;
Et que le Peuple encor pénétré de douleur
Du fer de la Justice accusait la lenteur :
Ah ! l'on parle aisément, juger est difficile.

Dans ce Temple où la loi montre un front immobile,
Et du sort des humains prononçant les arrêts,
Sur la vérité seule établit ses décrets ;
Avant que d'un coupable on proscrive la tête,
Quel est le Juge alors dont la main ne s'arrête ?
Tant il est douloureux, hélas ! aux cœurs parfaits
De croire l'homme né pour l'horreur des forfaits !

Ce cruel que pouſſait une aveugle furie,
Dans un ſang reſpectable avait puiſé la vie;
Tel on voit le poiſon croître dans nos jardins
Parmi les végétaux, alimens des humains:
Le crime eſt perſonnel, la vertu ſeule reſte.
Mais quel flambeau porter dans ce chaos funeſte!
Des complices cachés, par cent détours trompeurs,
Éludant de la loi les utiles rigueurs,
Dans l'ombre font errer ſa lumiere incertaine:
L'un d'eux... eſt-ce délire ou zele qui l'entraîne?
Par un horrible aveu feint d'attirer ſur ſoi,
Pour mieux le détourner, le glaive de la loi;
Deux meurent au milieu des tourmens effroyables
Inventés pour tirer le ſecret des coupables:
Par-tout un voile obſcur, ſur le crime eſt jetté:
Que dis-je! ô Warimont, ce tigre redouté,
Tout ſouillé de ton ſang, après ſix mois d'abſence;
Affecte l'air ſerein de la douce innocence;
Sous des murs ténébreux, il vient s'offrir aux fers,
Et des jeux & des ris raſſemblant les concerts,
Dans ces mornes enclos voués à la triſteſſe,
On dirait que ſes jours ſont des jours d'allégreſſe.
O Dieu! qui peut alors, ſans ton ſecours puiſſant,
D'avec le criminel diſtinguer l'innocent?
Lorſque la vérité ſe cache dans l'abîme,
L'indulgence eſt vertu, la rigueur eſt un crime,
Et quand le Juge alors tremble de s'égarer,
Du Ciel un pur rayon deſcend pour l'éclairer.

Respectable Sénat souffre que je t'admire ;
Tu rappelles ces tems où jaloux de s'inftruire
Par tes fages leçons, le Sénat des François
Envoya confulter les faftes de tes lois.
C'en eft fait, il n'eft plus ce tigre fanguinaire,
Il a par fon trépas purifié la terre ;
Ni les cris redoublés d'un Peuple curieux
A qui fon cœur vend cher le plaifir de fes yeux,
Ni les vœux inquiets des Têtes couronnées
N'ont pu précipiter fes horribles journées ;
Le crime au châtiment fe croyait échappé,
La vérité fe montre, & le glaive a frapppé.
Le plus noble des droits, celui de faire grace,
Pour ce monftre effrené n'a point trouvé de place
Au cœur du Souverain, contre lui révolté,
Il a cru fa juftice, & non pas fa bonté.

Mais que fais-je ? épargnons aux faftes de l'hiftoire
D'un crime affez puni l'effroyable mémoire.
Toi, jeune Warimont, objet de nos douleurs,
Sur ta tombe reçois le tribut de nos pleurs :
De tout tems la nature a produit des barbares,
Les vertus font fans nombre, & les crimes font rares.
Et vous ! auteurs des jours de cet infortuné,
Sans doute il vaudrait mieux qu'il ne fût jamais né ;
Mais une branche impure à la tige attachée,
Peut, fans flétrir l'arbufte, en être retranchée ;
Le Ciel d'un noir poifon a purgé votre fang :
L'honneur refte toujours dès qu'on eft innocent.

F I N.

REPONSE

DE MADEMOISELLE

WARIMONT

AVIS

DE LEDITEUR,

Nous croyons faire plaisir au Public en faisant paroitre a la suite de l'Épitre aux Mânes de Mademoiselle Warimont, sa réponse qui vient de nous tomber tout à l'heure entre les mains.

RÉPONSE

DE MADEMOISELLE

WARIMONT.

QU'ENTEND-je ? quelle voix, quels accens pleins de charmes ?
Ont frappé mon oreille, & suspendu mes larmes ?
O chantre harmonieux ! dont la noble douleur
Apporte sur ma tombe un tribut si flatteur,
Tes chants ont adouci ma triste destinée :
A d'eternels ennuys par le sort condamnée,
Je dois à la pitié de ton cœur généreux,
Le seul plaisir hélas ! qui reste aux malheureux,
Celui de voir la plainte honorer nos miseres,
De mêler à nos pleurs des larmes étrangeres !
Mon cœur, mon triste cœur n'a que trop mérité
Ces tributs consolant de sensibilité
Quel sort fut plus affreux ! malheureuse victime

Par combien de tourment ce cœur paya le crime ;
D'une jeunesse en proie à ses folles amours
Le fer trancha ma vie au printems de mes jours
Eh ! quelle main, grand Dieu, caressante & perfide
Enfonça dans mon Sein le poignard homicide !
Quel bras me retirant de l'abyme des eaux,
Prévint en me frappant les coups de mes bourreaux,
Par un fatal tissu hâta ma mort trop lente,
En étreignit le nœud sur ma gorge sanglante !
Je l'aimois, le barbare ! & ses discours trompeurs
Cent fois m'avoient promis d'eternelles ardeurs ;
Par l'invincible appât de ses fausses caresses,
L'ingrat avoit surpris mes naïves tendresses,
Et sans reserve enfin livrée à ses désirs,
Je croyois l'enchainer dans les bras des plaisirs.
Il étoit mon Amant, & jalois être mere !
O monstre que l'enfer a vom: sur la terre,
C'est ton fis que ta rage immole en m'immolant ;
Ton parricide bras l'égorge dans mon flanc !
Quoi ? tigre, quoi ? l'horreur de ce forfait atroce
N'a pas, prète à frapper, glacé ta main feroce ?
Du moins si cette main, cruel, dut me punir
Du crime & du malheur de t'avoir pu chérir
Falloit-il outrageant l'amour & la nature,
Faire perir ton fis de la même blessure,
Moissonner dans mon sein ce fruit infortuné ;
Et lui ravir le jour même avant quil fût né !
Helas ! de cet enfant, je vois l'ombre innocente
Errer autour de moi plaintive & gémissante.

Un aveugle penchant l'entraîne sur mes pas;
Je le vois, je l'appelle & je lui tends les bras
Il fuit; ses cris perçans dans mon cœur retentissent,
Et vainement ouverts, mes bras s'appesantissent.
Connois ta triste mere, enfant trop malheureux!
Pourquoi te derober à mes soins amoureux
Suis je coupable, hélas! des fureurs de ton pere.
Est ce moi dont la main barbare & sanguinaire
De ta vie étouffa les feux mal animés,
Et déchira tes flancs à peine encor formés.
Ah! l'instant de ma mort eût eu pour moi des charmes
Si je t'eusse en mourant pu sauver par mes l'armes

O vous! qu'un même sort rassemble dans ces lieux,
Pour qui l'illusion d'un penchant dangereux
Fut de malheurs sans nombre une source funeste,
Victimes de l'amour, c'est vous que j'en atteste
Fut-il jamais de pleurs plus justes que mes pleurs,
Et de douleur semblable à mes longues douleurs
Non, les atrocités des tyrans de Mycénes
Nont jamais égalé le sujet de mes peines.
Dans celui que j'aimois j'ai vu mon assassin,
Et son fis sous ses coups expira dans mon sein;
Le cruel! calculant les profits de son crime,
Immola sans remords l'une & l'autre victime.
Vous frémissez... hé bien, redoublez donc d'horreur.
Il étoit de sang froid & calme en sa fureur.

Genereux étranger, tes chants ont fait repandre

Les pleurs dont la pitié vient d'honorer ma cendre ;
Puiſſent ils pour un ſexe hélas! trop confiant,
Conſacrer a jamais mon exemple effrayant
peins lui le ſort affreux dont l'horreur me dévore;
Di que je ſuis vengée & que je pleure encore.

FIN.

www.ingramcontent.com/pod-product-compliance
Ingram Content Group UK Ltd.
Pitfield, Milton Keynes, MK11 3LW, UK
UKHW021926230726
13925UKWH00007B/2451

9 782014 069143